AF467443

FLEURS ET FRIMAS

PAR

E. CHAUVIN,

Chef d'Institution.

PARIS

HACHETTE et Cie, Faubourg St-Germain, 79. | DOUNIOL, Rue de Tournon, 10.

1872

FLEURS ET FRIMAS.

PÉRIGUEUX. IMPRIMERIE J. BOUNET, COURS MONTAIGNE.

FLEURS ET FRIMAS

PAR

E. CHAUVIN,

Chef d'Institution.

PARIS

HACHETTE et Cie, | DOUNIOL,
Faubourg St-Germain, 79. | Rue de Tournon, 10.

1872.

Je dédie ce petit livre à mes jeunes élèves. Il renferme différentes poésies composées dans mes moments de loisirs. Je n'aspire point à la renommée et n'aurais que faire de cette couronne de gloire dont parle l'excellent Horace; je cherche seulement à inculquer d'une manière agréable des idées solides de sagesse et de vertu dans l'esprit des enfants qui me sont confiés, et je m'estimerais très-heureux si cet humble recueil pouvait leur être utile.

FLEURS ET FRIMAS.

Fragilité.

Nous passons notre vie
Sur un sable mouvant;
Par un seul coup de vent,
Elle nous est ravie.

En glissant comme un trait
Sur la plaine liquide,
La nacelle rapide
S'abîme et disparaît.

Une fleur vient d'éclore
Souriante d'espoir;
Elle est morte le soir
Et n'a vu qu'une aurore.

Dans les poudreux sentiers,
Le fruit mûr tombe et roule,
Et l'étranger le foule,
En passant, sous ses pieds.

Avec sa frêle tige,
Au gré des tourbillons,
A travers les sillons,
L'herbe sèche voltige.

Le soleil est ardent,
Et la nue enflammée
Va vomir la fumée
Et la foudre en grondant.

Chaque éclair nous menace
De quelque malheur prompt,
Et nous baissons le front
Quand il brûle l'espace.

L'étoile au ciel pâlit,
La source perd son onde,
L'Océan dans le monde
Se creuse un nouveau lit.

Nous passons notre vie
Sur un sable mouvant;
Par un seul coup de vent,
Elle nous est ravie.

Le Volant et la Balle élastique.

J'ai vu se disputer — chose assez fantastique —
Un volant et sa sœur, une balle élastique.
« Bien mieux que toi, je vole dans les airs,
Dit le volant, et j'ai des ailes
Comme les vertes demoiselles
Qui volent dans les prés au bord des ruisseaux clairs.
— Toi, répond sa voisine,
Tu voles tout de travers,
Et les ailes dont tu te sers
N'ont pas poussé sur ton échine.
Tiens, regarde-moi :
Moins que toi, je m'agite ;
Je vais plus droit, je vais plus vite ;
Sans tes ailes d'emprunt, ma foi,
Je monte bien plus haut que toi.

Chacun doit s'élever par son propre mérite.

Le Poète et l'Oiseau.

Toi dont l'aile capricieuse
S'ébat dans l'air vive et joyeuse,
Que dis-tu donc, petit oiseau,
De ta voix si mélodieuse ?
— Le ciel est pur, le ciel est beau.

Quand les vautours, maudite race,
Se précipitent sur ta trace,
Que dis-tu, fuyant le trépas
Dont leur bec ardent te menace ?
— Il est des méchants ici-bas.

Lorsqu'à travers l'herbe fleurie
Tu gazouilles dans la prairie,
Oh ! conte-moi ce que tu dis
De ta voix la plus attendrie ?
— Ruisseaux, gazons, fleurs, paradis.

Sur le buisson quand tu te poses,
A côté de ces blanches roses,
Petit oiseau, que chantes-tu
Aux fleurs nouvellement écloses ?
— Fraîcheur, innocence et vertu.

Chante, chante, mon petit frère,
Le gazon, les fleurs, la lumière,
Les ruisseaux clairs et le ciel bleu ;
Ta chanson est une prière.
Chante toujours pour louer Dieu.

L'Ane qu'on mène à la foire.

Sur la route d'Issoire,
Un jour, deux Auvergnats,
Fins voleurs tous les deux, s'en allaient à la foire.
Chemin faisant, Giraud dit à Thomas :
Vois-tù pas devant nous cet homme avec son âne?
La bête peut valoir trois louis ; sa basane
Fournirait six peaux de tambour ;
Vraiment pour nous l'occasion est belle :
Nous aurons là de quoi remplir notre escarcelle ;
Approchons de cet homme, il faut lui faire un tour.
— Mais, dit Thomas, le tour semble assez difficile.
— Laisse-moi, tu vas voir, je suis un vieux routier :
Giraud n'est pas un imbécile,
Il connaît à fond son métier.
Ce paysan distrait, marche baissant la tête,
Trois pas au moins devant sa bête,
Eh bien, je vais sans bruit, je défais le licou,
Et puis je l'attache à mon cou.
Ainsi, je deviens l'âne, et toi, d'un pas agile,
Tu dérobes la bête, et le reste est facile.
Giraud fit comme il avait dit.
Bientôt, se retournant, l'autre au lieu de sa bête
Voit un homme au licol et demeure interdit ;

Puis, le considérant des pieds jusqu'à la tête :
Eh! mon âne, corbleu! — Brave homme, doucement;
Car ton âne, c'est moi, c'est moi, tu peux me croire.
— Vous, mon âne ? comment ?
— Ecoute mon histoire :
Autrefois, j'étais vif. Sans rime ni raison,
Je battais chaque jour ma femme à la maison ;
Certes, j'avais grand tort. Jugeant ainsi la chose,
En âne sur-le-champ Dieu me métamorphose.
Dix ans il m'a fallu broûter le dur chardon
Porter mon bât, gémir sous les coups de bâton ;
Mais enfin, aujourd'hui que j'ai fait pénitence,
Homme redevenu j'obtiens ma délivrance ;
Je vole vers ma femme, elle a le cœur trop bon
Pour ne pas m'accorder un sincère pardon.
Toi, s'il te faut encore une bête de somme
Tu peux choisir en foire ; adieu donc mon brave homme,
Poursuis ta route, adieu, je te quitte, au revoir !

Mais notre paysan renonce à son voyage
Et retourne conter l'aventure au village ;
Il en parla huit jours du matin jusqu'au soir.
Plus tard, il rencontra sur la place d'Issoire
Son âne d'autrefois qu'on vendait à la foire.
Ah ! je te reconnais, lui dit-il aussitôt;
Drole ! tu l'as battue encore ta pauvre femme !

Ta conduite est infâme !
Non de te racheter je ne suis pas si sot.
L'âne le laissa dire et ne répondit mot ;
Puis, l'oreille dressée et sans bouger de place,
Il se mit à chanter, le regardant en face.

Amica viola.

Violette embaumée,
O ma fleur bien-aimée,
Viens sourire à travers
  Les gazons verts.

Des beaux jours messagère,
Ta voix me dit : espère
Après l'hiver obscur
  Un ciel plus pur.

Ce n'est pas en ce monde,
Où tout fuit comme l'onde,
Que l'âme peut asseoir
  Un ferme espoir ;

On y souffre, on y pleure,
Mais bientôt viendra l'heure
Où, las de tant gémir,
  J'irai dormir...

Alors, ma violette,
Souviens-toi du poète
Et dans l'herbe fleuris
  Sur ses débris.

Peut-être que, dans l'ombre,
Mes amis, le cœur sombre,
Devant ma croix viendront
    Pencher leur front.

A leur douleur muette,
Ma douce violette,
Ton parfum et ma croix
    Diront, je crois,

Qu'il n'est rien dans la vie
Qui soit digne d'envie ;
Qu'il n'est de bien réel
    Que dans le ciel.

Le Crapaud et le Ver-Luisant.

Un crapaud, dans un pré se promenant, la nuit,
Dans l'herbe, par hasard, rencontre un ver qui luit.
Il recule d'un pas, il se gonfle, il s'avance ;
Puis, soulevant sa lourde panse,
Il lui souffle soudain
Tout son venin,
En disant : « Peste soit des vers et des chenilles ! »
—Tu me hais, pourquoi donc ?—Eh ! parce que tu brilles !

Le Ruisseau et la Citerne.

Une source dans la prairie
Formait un limpide ruisseau,
Et sur ses bords l'herbe fleurie
Se mirait au cristal de l'eau.

Le possesseur de la vallée,
Voulant fertiliser, un jour,
Une pelouse désolée,
Au ruisseau trace un long détour.

Et le petit ruisseau, docile
A la pente qu'on lui donna,
Toujours joyeux, toujours tranquille,
Au même instant se détourna.

Et comme il parcourait la plaine,
Charmé de son nouveau destin,
Une citerne toute pleine
Se rencontra sur son chemin.

Son aspect était sombre et terne,
Personne n'y puisait de l'eau.
Où vas-tu, dit cette citerne
Sourdement, au petit ruisseau ?

Tu te fatigues dans ta course ;
Pauvre ruisseau, n'as-tu pas peur
De voir bientôt tarir ta source
Quand viendra la grande chaleur ?

Mais lui, de sa voix argentine :
« Un maître me guide en tout lieu,
Et, sans rien craindre, je chemine
Selon la volonté de Dieu.

En coulant ainsi sur la terre,
Mon eau lui fait toujours du bien ;
La tienne croupit solitaire
Et ne lui sert jamais de rien. »

Les Fleurs et la Moisson.

Colin, dans son hameau, vivait propriétaire;
Il possédait tous les champs d'alentour.
Quoi! se dit-il, un jour,
Moi, cultiver la terre
Pour avoir du blé seulement!
Je veux que désormais il en soit autrement!
Les fleurs ont des parfums dont on peut faire usage
Lorsque l'on est Colin, seigneur de son village.
Dans les sillons, je vais, avec le blé,
Semer l'œillet, planter la rose;
Ce dessein m'a toujours semblé,
Du monde, la plus belle chose.
Ainsi dit, ainsi fait. Au bout de quelque temps,
Avec tous ses amis, il va revoir ses champs.
A travers les épis, la rose était fleurie;
L'œillet y répandait son agréable odeur.
« Amis, dit-il, regardez, je vous prie :
A chaque épi, j'ai su marier une fleur. »
Aussitôt chacun s'écrie :
« O spectacle enchanteur!
En vérité, Colin, vous êtes sage;
Votre nom deviendra fameux dans le village. »
Et Colin souriait de joie à ce langage.

De son champ merveilleux quelque temps on parla.
Colin par ci, Colin par là ;
Il se croit un grand personnage.
Mais, avec le printemps, disparaît son bonheur :
Bientôt l'épi succombe étouffé par la fleur ;
Elle-même a perdu ses charmes ;
Alors Colin gémit, Colin verse des larmes ;
Il reconnaît enfin, mais trop tard, son erreur.

Quiconque a du bons sens peut voir dans cette fable
Que l'on doit préférer l'utile à l'agréable.

Le Prisonnier et l'Oiseau.

Sous les grilles de ma fenêtre,
Petit oiseau, j'entends ta voix;
Mais tu te sauves dans le bois
Sitôt que tu me vois paraître.
Reviens, petit oiseau, reviens auprès de moi :
Mon amitié sera pour toi.

Quand j'écoute ta mélodie,
J'oublie un instant mes douleurs;
J'ai moins d'amertume en mes pleurs,
Et je supporte mieux la vie.
Reviens, petit oiseau, reviens auprès de moi :
Mon amitié sera pour toi.

Un vautour, au sein du bocage,
Veut t'immoler à son courroux;
Ne sais-tu pas qu'il est jaloux
De ton mélodieux ramage?
Reviens, petit oiseau, reviens auprès de moi :
Mon amitié sera pour toi.

Il est des périls en ce monde...
Dans ma prison, si tu veux bien,

Entre avec moi; l'on n'y craint rien,
Même quand la tempête gronde.
Viens donc, petit oiseau, viens donc vivre avec moi:
Mon amitié sera pour toi.

Oh! fuis, fuis ce berger sauvage!
Sauve-toi, mon rossignolet!...
Mais il t'a pris dans son filet,
Et ton séjour est une cage.
Ah! je n'entendrai plus les accents de ta voix
Que répétait l'écho du bois.

Les deux Épis.

Deux épis étaient nés de la même semence,
Nourris du même suc, dans le même terrain ;
Ils n'avaient cependant aucune ressemblance :
L'un était dépourvu de grain,
L'autre en avait en abondance.
Par-dessus son voisin, le plus grand, sec, étroit,
Se balançait, se tenait droit,
Comme s'il eut bravé le vent et la tempête.
L'épi chargé courbait modestement la tête.

Ainsi le méchant lève un front audacieux ;
L'homme vertueux, au contraire,
Chargé de bon grain, pour les cieux,
Fait humblement le bien en passant sur la terre.

Au Printemps.

Solvitur acris hiems gratâ vice Veris et Favoni.

HORACE.

Adieu le sombre hiver au front chargé de brume !
Le coteau reverdit, la plaine se parfume,
Le soleil brille aux Cieux,
La vie à flots circule à travers la nature
Et l'espérance montre à chaque créature
Des horizons joyeux.

Oh ! disent les oiseaux cachés dans le feuillage,
Voici les tièdes nuits et les jours sans nuage,
Chantons à pleine voix,
Faisons fête au bonheur que le printemps nous donne
Et que de nos accents l'allégresse résonne
Sous la voûte des bois.

Quittons la ruche, allons, se disent les abeilles,
Les prés sont frais et beaux ainsi que des corbeilles,
Le soleil s'est montré ;
Dans le parfum des fleurs nous tremperons nos ailes ;
Allons ensemble, allons sur les roses nouvelles,
Cueiller le miel doré !

Tandis qu'autour de moi tout s'anime et s'enflamme,
Je sens éclore aussi dans le fond de mon âme
Mille rêves touchants ;
Quand le ciel est d'azur, plus tendres, plus pressées,
En foule dans mon sein éclosent mes pensées
Et plus doux sont mes chants.

Dans cet air attiédi qui réjouit l'espace,
Chaque voix, chaque bruit, chaque souffle qui passe,
Semble venir des cieux ;
Et mon âme y répond, et mon âme soupire,
Comme un roseau pliant qu'effleure le zéphire
Au vol mélodieux.

Odeur dont la sève
Emplit les forêts,
Parfum qui s'élève
Dans l'air pur et frais,
Limpides rosées
Sur l'herbe posées,
Perles irrisées
Que sème la nuit,
Doux battements d'aile
De l'oiseau fidèle,
Quand l'aube nouvelle
A l'Orient luit.

Voies épanouies
Au lever du jour,
Notes réjouies
D'un souffle d'amour ;
Chanson indécise
Que la jeune brise,
Le soir, improvise
Sous les arbres verts,
Céleste musique,
Harmonie antique,
Eternel cantique
Du vaste univers.

Création sainte
Qui des mains de Dieu,
Nous montre l'empreinte
Visible en tout lieu ;
Nature brillante,
Nature touchante,
A ta voix qui chante
J'unis mes accents ;
Ta grâce et tes charmes
Tarissent mes larmes,
Chassent mes alarmes,
Enivrent mes sens.

Oui, j'aime tes attraits, ô Nature immortelle ;
A mes yeux ta beauté paraît toujours nouvelle :

Tu ne vieillis jamais;
Ta puissante vigueur jamais ne t'abandonne.
Je préfère l'éclat de ta riche couronne
Aux splendeurs d'un palais.

Qu'un autre, loin de toi, se plaise au sein des villes,
Qu'il dédaigne ces chants, ces ombrages tranquilles,
Ces vallons, ces coteaux;
Pour combler les désirs d'une âme vaniteuse
Qu'il s'entoure à grands frais d'une pompe menteuse,
D'or, d'argent, de cristaux;

Qu'il abrite ses jours sous des arceaux de marbre,
Moi, j'aime une chaumière à l'ombre d'un vieil arbre,
Loin du bruit des humains;
J'aime le frais séjour d'un vallon solitaire
Où les gazons, partout me dérobant la terre,
Verdissent mes chemins.

Là, quand après l'hiver refleurit l'aubépine,
Je crois voir dans les champs de la bonté divine
Le doux rayonnement,
Et, joyeux, je me plais, à travers les prairies,
A promener alors mes chères rêveries
Sous le bleu firmament.

Le plat d'Huîtres.

C'était par un soir d'hiver,
Un grand froid régnait dans l'air ;
Dans une auberge garnie,
Un voyageur étranger
Vint demander à loger.
Il trouve une compagnie
En train de bien s'égayer
Autour d'un large foyer.
Et, quoiqu'un bon feu délasse,
Personne ne lui fait place.
En vain, il s'approche un peu,
En disant : « Ah ! le bon feu ! »
Il reste seul par derrière
Tout transi de froid. Que faire ?
Il cherche dans son cerveau
Un stratagème nouveau.
« Hé ! dit-il, garçon, écoute :
Porte vite à mon cheval
Un plat d'huîtres. L'animal,
Après si pénible route,
Va faire son carnaval. »
Et tout le monde de rire.
Mais le garçon, sans rien dire,

Docile au commandement,
Porte le plat lestement.
Or, c'est un spectacle étrange
De voir un cheval qui mange
Des huîtres au lieu de foin.
Afin d'en être témoin,
Ils vont tous à l'écurie.
L'étranger seul, dans un coin,
Se chauffe et les remercie.
Le garçon revient et crie :
« Votre bête n'en veux pas !
— Eh bien, tu lui serviras
De l'avoine à son repas. »
Et lorsque la compagnie
Revint : « Messieurs, je vous prie,
Dit-il, approchez un peu ;
On est bien près d'un bon feu. »

C'est ainsi qu'avec adresse
On se tire d'embarras
Avec les gens qui n'ont pas
De tact ni de politesse.

Dans la Nuit.

A l'heure des profonds mystères,
Où l'air est calme, le ciel noir,
Je porte mes pas solitaires
Autour de l'antique manoir.

Bientôt, au-dessus des ténèbres,
La blanche reine de la nuit
Apparaît : les ombres funèbres
Tremblent sous son regard qui luit.

Et, glissant sous de légers voiles,
Elle s'avance noblement
Avec son cortége d'étoiles,
Joyeuses fleurs du firmament.

Mais, hélas ! un nuage passe
Et son front se cache ; soudain,
L'ombre s'épaissit, tout s'efface
Dans le ciel et sur mon chemin.

Par des routes plus ou moins sombres,
Ainsi marche l'humanité.
Quand donc disparaîtront les ombres
A ton soleil, ô Vérité !

Le Bâton du Vieillard.

CONTE.

Un vieillard, affaissé sous le poids des années,
Cheminait à pas lents ;
Il tenait un bâton dans ses mains décharnées,
Et son front n'avait plus que quelques cheveux blancs.
Autour de lui s'assemble
Une troupe d'enfants espiègles, mauvais cœurs,
Ils contrefont sa marche, ils l'outragent ensemble
Par leurs cris insolents et leurs rires moqueurs.
Son pied contre une pierre
Heurte. Le bâton, son appui,
Glissant dans la poussière,
Tombe avec lui.

Il veut se relever et poursuivre sa route ;
Hélas ! où retrouver le fidèle bâton ?
Un des enfants le cache et ne sais pas sans doute
Qu'il provoque du ciel la malédiction.

Et le pauvre vieillard, épuisé de faiblesse,
La voix entrecoupée et le cœur en émoi :
Rendez-moi mon bâton, dit-il avec tristesse,
Mon bâton de voyage, enfants rendez-le moi !

Loin d'écouter sa prière touchante,
L'enfant pervers rit de ses vains efforts :
Pour le narguer encore, il crie, il siffle, il chante,
Puis il s'éloigne sans remords.

Tout-à-coup, ô terreur ! un miracle s'opère ;
Dans la nue enflammée un coup de foudre part ;
Le vieillard devient jeune, et l'enfant, au contraire,
Est devenu vieillard.

Ses jeunes compagnons sont frappés de vertige ;
Mains jointes et tremblants ils tombent à genoux.
Ils étaient bien méchants, mais, grâce à ce prodige,
Ils jurent d'être bons et se corrigent tous.

Le Lis de la Vallée.

L'abeille, au fond de la vallée,
Te cherchant au lever du jour,
Vient, par tes senteurs appelée,
Te donner un baiser d'amour.

Et la brise, qui fit éclore
Ton calice fécond en miel,
Aime à s'imprégner dès l'aurore
De ton parfum qui monte au ciel.

Mais bientôt un brûlant orage
Promène dans l'air ses fureurs ;
Beau lis, victime de sa rage,
Adieu tes brillantes couleurs.

Tu succombes ; ta frêle tige,
Morte avant la fin de l'été,
Au sein de la plaine voltige ;
Ton souvenir seul est resté.

Sous les Pommiers.

TRIOLET.

L'herbe verdoyait dans les champs,
C'était le temps des pâquerettes ;
Les oiseaux gazouillaient leurs chants,
L'herbe verdoyait dans les champs.
Dans les halliers, des voix secrètes
Murmuraient des accords touchants ;
L'herbe verdoyait dans les champs,
C'était le temps des pâquerettes.

Jeune et souriant aux beaux jours,
Avec ses joyeuses compagnes,
Julie, en ses chastes atours,
Allait, souriant aux beaux jours,
Au milieu des vertes campagnes,
Cueillir les fleurs au frais velours,
Jeune et souriant aux beaux jours
Avec ses joyeuses compagnes.

Assise à l'ombre du bosquet,
Au bord de l'onde transparente,
De son doigt blanc, souple et coquet
A l'ombre du joli bosquet,

Avec sa moisson odorante,
Elle composait son bouquet
A l'ombre du joli bosquet,
Au bord de l'onde transparente.

Sur son front charmant, les pommiers
Laissaient pencher leurs fleurs vermeilles.
Respirant les parfums premiers
Qu'exhalent les fleurs des pommiers,
Ecoutant le bruit des abeilles
Et le chant plaintif des ramiers,
Elle rêvait sous les pommiers
Qui balançaient leurs fleurs vermeilles.

« O mes sœurs, que les airs sont doux !
Dit-elle de sa voix sonore ;
Dans ces champs, quand reviendrons-nous ?
O mes sœurs, que les airs sont doux !
Ici nous reviendrons encore
Quand rougiront les grains de houx.
O mes sœurs, que les airs sont doux !
Dit-elle de sa voix sonore.

Nous reviendrons dans ces beaux lieux
Cueillir des fruits dans nos corbeilles.
Les fleurs auront fait leurs adieux
Quand nous reviendrons dans ces lieux ;

Alors qu'on détache des treilles
La grappe au suc délicieux,
Nous reviendrons dans ces beaux lieux
Cueillir des fruits dans nos corbeilles. »

La jeune fille ainsi parlait ;
Son cœur était plein d'espérance,
Son œil de joie étincelait.
Lorsque Julie ainsi parlait
Confiante, en son ignorance,
Sa pensée au loin s'envolait.
La jeune fille ainsi parlait
Le cœur tout rempli d'espérance.

Au printemps, ne nous flattons pas
De cueillir les fruits de l'automne.
Avant cette saison, hélas !
On entendit sonner son glas,
Un soir, dans l'ombre monotone.
Ses sœurs pleurèrent son trépas.
Au printemps, ne nous flattons pas
De cueillir les fruits de l'automne.

L'Huître et la jeune Écrevisse.

Sur le sable du rivage,
Une huître, certain jour,
Ouvrait et fermait tour à tour
Son épais coquillage.
Une jeune écrevisse, en passant près de là,
Aperçut ce manège ;
Soupçonnant d'abord quelque piége,
De frayeur elle recula.
Mais bientôt, comme l'huître était inoffensive
Et de place ne bougeait pas,
Elle reprend ses sens et revient sur ses pas.
Près du coquillage elle arrive ;
C'était pour elle objet nouveau ;
Admirant combien il est beau,
A l'huître, elle tient ce langage :
« Dans ce superbe coquillage,
Sans crainte, vous vivez dans l'eau ;
Vous habitez palais de reine !
Moi, je n'ai point d'asile, et souvent l'eau m'entraîne,
Ah ! dans votre joli château,
Accordez-moi, de grâce,
Auprès de vous une humble place ! »

L'huître à ces mots la fait entrer,
Puis du logis ferme la porte...
L'autre aussitôt de s'écrier :
« Madame, ouvrez, j'étouffe, ouvrez donc, que je sorte ! »
L'huître lui permit de sortir,
Et daigna même l'avertir,
Par intérêt pour son jeune âge,
D'être dorénavant plus prudente et plus sage.

Carpe Diem.

Avec sa robe de fête,
Voici venir le printemps:
Les fleurs vont lever la tête.
Adieu la sombre tempête
Et les farouches autans.

L'herbe verdit dans la plaine,
Les nids chantent dans les bois,
La grande voûte est sereine,
Toute la nature est pleine
De mystérieuses voix.

Mais tandis que le ciel donne
A la nouvelle saison,
Doux parfums, fraîche couronne,
Elle, si belle et si bonne,
Emma dort sous le gazon.

Là-bas, dans un lit d'argile,
A l'ombre des noirs cyprès,
Elle est couchée immobile...
Oh ! que la vie est fragile !
Que de nous la mort est près !

Morte à quinze ans ! pauvre fille !
Et le soleil est si beau !
Et la rose naît et brille,
Et l'oiseau, joyeux, babille
En jouant sur son tombeau.

Vous qui poursuivez sans cesse
De chimériques amours,
Vous dont l'ardente jeunesse
Se nourrit de folle ivresse
Et ne rêve que beaux jours ;

Songez à la destinée
D'Emma; jeune comme vous,
De grâce elle était ornée,
Lorsqu'elle fut moissonnée
Par la main du sort jaloux.

Fortune, bonheur, liesse,
Quand nous croyons tout tenir,
Tout nous échappe et nous laisse.
Et puis, folâtre jeunesse,
Fiez-vous à l'avenir !

Le jeune Militaire.

Quelle était mon erreur,
Moi qui croyais, naguère,
Que c'était un malheur
De partir pour la guerre !
Mais les temps sont changés ; je me suis fais soldat.
Il n'est rien de si beau que d'aller au combat.

Jadis, en parcourant les livres homériques,
J'admirais en secret tous ces guerriers antiques,
Dont les fiers bataillons roulaient comme des flots ;
Sur de vaillants coursiers, ils dévoraient l'espace,
Se provoquaient de près et se heurtaient en face,
Armés de boucliers, de dards, de javelots.

Je veux, à leur exemple, illustrer ma carrière,
Car des camps belliqueux j'aime la vie austère.
Je suis fier de voir pendre un glaive à mon côté.
Un casque sur mon front, allongeant sa visière,
Donne à mes yeux ardents une flamme guerrière ;
Je monte sans frayeur un cheval indompté.

Les accents du clairon plaisent à mon courage ;
Tambours battant, canon tonnant comme un orage,

Eveillent dans mon sein d'héroïques ardeurs :
Je sens, je sens déjà l'odeur de la mitraille.
Lorsque ma main se crispe à mon fer de bataille,
Je ferais reculer cent ennemis vainqueurs.

Ainsi parlait un jeune et vaillant militaire.
Lui qui croyait naguère
Que c'était un malheur
De partir pour la guerre ;
Quelle était son erreur !
Il revient capitaine, au bout de sa carrière,
Avec la croix d'honneur.

Limpide Source.

Je connais une fraîche source
Cachée au sein d'un frais vallon,
Son eau joyeuse prend sa course
Entre deux rives de gazon.

Cette source toujours limpide
Est brillante comme un miroir ;
Jamais nul souffle ne la ride,
Et toujours le ciel peut s'y voir.

Et dans le vallon qu'elle arrose
Naissent les plus riantes fleurs ;
Sur ces fleurs l'abeille se pose
Pour en aspirer les senteurs.

Veux-tu que ton âme candide,
Dont ton front pur est le miroir,
Soit comme la source limpide
Où toujours le ciel peut se voir ?

Vierge, dans le silence, écoute
Cette voix qui te dit tout bas :
« Marche avec prudence en ta route ;
Les pièges entourent tes pas. »

Fuis le bruit de la multitude
Qui trouble la tranquillité ;
Travaille, car l'inquiétude
Est fille de l'oisiveté.

Sois sage, sois simple et modeste ;
Souvent on se repent trop tard.
Que toujours la candeur céleste
Vienne sourire en ton regard.

Enfin, sois bonne, sois pieuse :
La bonté vaut mieux qu'un trésor ;
La piété douce et joyeuse
Donne à l'âme un plus noble essor.

Alors comme des fleurs nouvelles
Aux parfums plus doux que le miel,
En toi brilleront les plus belles
Des vertus qui plaisent au ciel.

Et le monde d'un œil d'envie
Verra couler en paix tes jours ;
Parce qu'hélas ! dans cette vie,
Ses plaisirs nous trompent toujours.

Agar et Ismaël.

Le ciel se couvre au loin de sinistres nuages ;
Mais, tant que je pourrai te porter dans mes bras,
Sous l'aile maternelle, ô mon fils, tu vivras
A l'abri des orages.

Celui qui maintenant occupe ton berceau,
Sous le toit de ton père,
Etait-il plus candide? avait-il pour nous plaire
Une bouche plus fraîche, un visage plus beau ?

Comme toi, savait-il exciter cette flamme
Qui brûle notre cœur sans jamais l'épuiser ?
A travers un sourire, en retour d'un baiser,
Savait-il, comme toi, révéler sa jeune âme ?

Ah ! si tu meurs, — penser qui me glace d'effroi ! —
Il faudra que ta mère à sa douleur succombe.
Au désert si bientôt pour toi s'ouvre une tombe,
On me verra moi-même y descendre avec toi.

Enfant, ne pleure pas, car sitôt que tu cries
Je sens par tout mon corps une horrible frayeur ;
Repose sur mon sein, dors en paix : le Seigneur
Charmera ton sommeil de douces rêvereries.

Dors en paix, sois heureux, ô fruit de mon amour...
Pitié, grand Dieu, pitié, pour sa frêle existence !
Toi qui sur cette terre aimes tant l'innocence,
Vois donc, son cœur est pur comme un rayon du jour.

Ah ! si mes yeux en vain sont inondés de larmes,
Si tu veux le ravir à l'amour maternel,
Le placer, jeune lis, dans le jardin du ciel,
Que de son front la mort respecte au moins les charmes !

Ainsi priait Agar, tremblante et tout en pleurs,
Alors que, dévoré par une fièvre ardente,
Ismaël inclinait sa tête languissante
Sur son sein déchiré de cruelles douleurs.

Et le vent du désert, dont la voix épouvante,
Comme un râle de mort à l'entour d'un tombeau,
Passe et laisse soudain, en forme de berceau,
A côté de l'enfant une couche mouvante.

Et sur ce lit de sable, au milieu des déserts,
Il dort, et le Simoun, grondant avec furie,
A chaque fois qu'il passe, emporte de sa vie
Un souffle dans les airs.

Et la mort effleurant sa brûlante paupière
Y verse par degrés un sommeil éternel.

Il ne souffrira plus sur le sein maternel :
Il touche en ce moment à son heure dernière.

La pauvre mère alors, d'un regard éperdu,
Cherche pour son enfant une onde salutaire ;
Mais où porter ses pas sur cette aride terre ?
Agar, ah ! c'en est fait ! tout espoir est perdu.

Cependant, dans la nue — ô prodige ! ô merveille ! —
Une vive clarté, chassant l'orage noir,
Fait renaître en son cœur un doux rayon d'espoir ;
Puis, une voix céleste a frappé son oreille :

« Il ne doit point mourir, Agar ; ne craignez pas,
Car le Seigneur sourit à son âme candide ;
Puisez pour votre fils de cette onde limpide
Qu'un miracle du ciel fait couler sous vos pas. »

L'ange, à ces mots, s'envole et, d'une aile légère,
A regagné les cieux.
L'enfant, désaltéré soudain, rouvre les yeux
A la douce lumière.

Hymne à l'Éternel.

Quand le printemps nouveau, ranimant la nature,
Lui forme de ses fleurs une riche ceinture;
Quand il sème les airs de soupirs embaumés,
Quand les bosquets, ornés de guirlandes vermeilles,
A leur festin de miel invitent les abeilles,
Quand la brise se berce aux arbres parfumés;

Du calice des fleurs que la rosée incline,
Des senteurs qu'au matin exhale la colline,
De l'arbre qui murmure au doux souffle du vent,
Des rayons dont l'aurore empourpre les montagnes,
Et des fraîches clartés qui baignent les campagnes,
S'élève vers le ciel un hymne au Dieu vivant.

Le flot, limpide et pur, qui jaillit des fontaines
Et court, en gazouillant, parmi les vertes pleines,
L'haleine des forêts, dont le bruit solennel
Eveille dans nos cœurs l'essaim des rêveries,
Et les zéphirs épars sur les herbes fleuries
Sont une voix d'amour qui chante l'Eternel.

Seigneur, les cieux d'azur qui flottent dans l'espace,
La terre et ses vallons ornés de tant de grâce,

Le silence des nuits et la clarté du jour,
L'Océan et ses flots calmes ou pleins d'orages,
Ses golfes endormis et ses bruyants rivages
Célèbrent à l'envi ta gloire et ton amour.

Oui, la terre et les cieux sont une lyre immense ;
Et l'univers entier célèbre la puissance
Du Dieu qui créa tout de son souffle fécond.
L'insensé dans son cœur seul refusant de croire,
N'a pas voulu s'unir à ce concert de gloire
Où toute voix, tout bruit, tout soupir se confond.

Romefort.

Eloignez de vos murs ceux que leur chûte amuse,
Laissez seul le poète y conduire sa muse,
Lui qui donne du moins une larme au vieux fort.

Victor Hugo.

Le vieux fort est assis sur le flanc d'un coteau,
Et le front de ses tours peut se mirer dans l'eau ;
La Creuse coule au pied, éternelle vassale
Qui salue en passant une ombre féodale.

Lorsque du noir donjon je monte les degrés,
Ébréchés par la foudre et le temps conjurés,
Mon front est envahi d'un essaim de pensées
Qui m'offrent un tableau de gloires éclipsées.

Voici l'enceinte obscure où le chef et ses preux,
Au moment du danger, délibéraient entre eux ;
Sur ce mur avancé veillait la sentinelle ;
Ici, l'habile archer, de sa flèche fidèle,
Perçait les ennemis, et l'arbalétrier
Faisait voler les traits de son arc meurtrier.
Et puis, dans le combat, les belles châtelaines
Animaient de la voix ducs, barons, capitaines,
Et, pour récompenser leurs généreux efforts,
Elles chantaient victoire aux guerriers les plus forts.

Mais la brise, à travers les brèches assombries,
Pleure et vient attrister mes vagues rêveries.

Où sont-ils aujourd'hui, les vaillants chevaliers,
Dont l'étendard flottait sur ces créneaux altiers,
Dont le glaive brillait au milieu des batailles ?
Les fossés sont comblés, l'herbe croît aux murailles,
Il ne reste plus rien des beaux jours d'autrefois.
On n'entend plus le cor sonner au fond du bois,
Ni le clairon chanter à l'heure des alarmes ;
On ne voit plus les ducs et les barons, en armes,
S'élancer à l'assaut, ou bien, dans un tournoi,
Jouter avec adresse en présence du roi ;
Et pourtant, je vous aime, ô débris, et mon âme,
Qui vit de souvenirs, à votre aspect s'enflamme.

Et quand, rêveur, le soir, sur la tour je m'assieds,
Que j'entends le bruit sourd de la Creuse à mes pieds,
Qu'aux dernières lueurs du jour qui va s'éteindre,
La cloche dans les airs, au loin, semble se plaindre,
Alors, ne songeant plus au monde extérieur,
Je cherche à découvrir un avenir meilleur,
Et, rempli de dédain pour la terre, où tout passe,
Les yeux levés au ciel, j'y réclame une place !

Soir d'Été.

Fuyons la ville et son tumulte étrange,
Où notre cœur ne peut pas s'épancher,
Où les chemins ont toujours quelque fange ;
Nous irons voir le soleil se coucher.

Laissons la foule, inquiète, empressée,
De la fortune encenser les autels ;
N'abaissons pas ainsi notre pensée,
N'oublions pas nos destins immortels.

Pourquoi passer ainsi sa vie entière
A s'agiter pour avoir un peu d'or ?
Pourquoi pencher son cœur vers la matière,
Et soupirer après un vil trésor ?

Tout cet éclat, cette pompe hautaine
Dont les puissants éblouissent nos yeux,
Tous ces hochets d'une âme ètroite et vaine
Lourds bracelets, diamants précieux ;

Tous ces bijoux, ces colliers, ces merveilles,
Ne valent pas un seul rayon des cieux,
N'ont pas l'éclat des aurores vermeilles,
N'ont pas l'éclat des couchants radieux.

N'envions pas les dons de la richesse,
Allons plutôt puiser à pleines mains
A ces conseils de féconde sagesse
Qu'épanche à flots la nature aux humains.

En contemplant la nature sereine,
Notre esprit s'ouvre aux célestes clartés ;
De la beauté divine et souveraine
Il voit les traits empreints de tous côtés.

Pour qui sait voir et sentir et comprendre
Dieu se révèle en la création,
Dans chaque objet sa voix se fait entendre
Si l'on écoute avec attention.

Le flot qui court où sa pente l'appelle
Dit : « Le bonheur sur terre est passager. »
L'oiseau : « Votre âme aussi doit ouvrir l'aile. »
L'arbre : « De fruits, vous devez vous charger. »

Parmi les champs, comme le cœur respire !
Il est plus calme et bat plus librement,
Car la nature, au céleste sourire,
Lui donne un peu de son contentement.

Dieu, qui bénit la clémente nature,
Met un sourire éternel sur son front ;

Chaque printemps rajeunit sa parure ;
Mais nous, des ans, nous subissons l'affront.

Nous passerons ! La nature immortelle
Continuera de sourire en tout lieu ;
D'autres viendront, à leur tour, devant elle
Y contempler les ouvrages de Dieu.

Pour ceux qui n'ont d'autre espoir que sur terre,
Cette pensée est sombre ; mais, pour nous,
Elle n'a rien d'effrayant ni d'austère ;
Nous y trouvons un charme grave et doux.

Car, en usant des biens de cette vie,
Nous attendons l'aube des jours meilleurs ;
Si la lumière ici nous est ravie,
Nous espérons la voir reluire ailleurs.

Frissons.

TERCETS.

Au souffle de l'hiver, quand la vitre frissonne,
Quand la buche embrasée étincelle et bourdonne,
A des rêves profonds, souvent, je m'abandonne.

Assis au coin de l'âtre, à côté du chenêt,
J'évoque mon printemps ; ô prodige ! il renaît ;
A son front parfumé, mon cœur le reconnaît.

O matin enchanté, riante et fraîche aurore,
Azur qu'un doux soleil de sa lumière dore,
Voici que mon regard vers vous se tourne encore.

Comme dans un miroir, le passé m'apparaît ;
Je trouve ce tableau plein d'un charme secret,
Et pourtant, dans mon cœur, s'éveille un long regret !

Je m'entends appeler par la voix fraternelle
Des amis dont j'ai vu se clore la prunelle,
Et qui dorment déjà dans la nuit éternelle.

D'abord, dans le lointain, jeunes comme autrefois,
Souriants et joyeux, je les vois, je les vois ;
Leurs traits, du temps cruel, n'ont pas subi les lois.

Puis, leur visage heureux pâlit et devient sombre ;
De leurs jours à venir s'évanouit le nombre,
Et sur eux tout à coup la mort jette son ombre.

Et je penche mon front sur leur front endormi,
Et mon cœur se lamente et sourdement gémit,
Et la bise sanglotte et la vitre frémit.

Et puis, je les revois au sein d'un nouveau monde,
Radieux et plongés dans une paix profonde,
Et vivant d'une vie éternelle et féconde.

Et je leur dis alors : amis, je suis jaloux ;
Tandis que nous heurtons nos pieds aux durs cailloux,
Vous êtes à l'abri de l'orage en courroux.

L'été, sur vos tombeaux fleuriront les verveines ;
Vous n'êtes plus en butte à ces passions vaines
Qui tourmentent nos cœurs et nous brûlent les veines.

La vie est douce au bord, la mort est douce au fond ;
Amis ne quittez pas votre sommeil profond
Pour venir regarder ce que les hommes font.

De sombres passions autour de nous s'allument ;
En désirs effrénés tous les cœurs se consument,
Tous les mauvais instincts ont des autels qui fument.

L'homme par cent chemins poursuit la vanité ;
L'homme n'a pas compris le sens et la beauté
De ces trois mots divins : amour, foi, liberté.

A des rêves ainsi parfois je m'abandonne,
Et la bûche embrasée étincelle et bourdonne,
Et la bise sanglotte et la vitre frissonne.

TABLE.

www.ingramcontent.com/pod-product-compliance
Ingram Content Group UK Ltd.
Pitfield, Milton Keynes, MK11 3LW, UK
UKHW020340220726
13923UKWH00004B/1510

9 782016 176467